抱樸樓師友小集

楊維仁、詹培凱、余志洋、王俊元
鄭安妮、王芃雯、高暐媄、羅椿筳

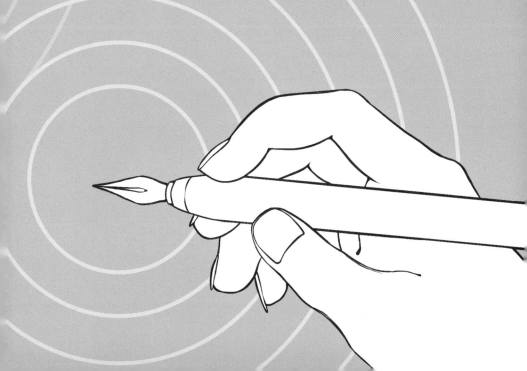

目　錄

楊維仁

王俊元

高暐媄

羅椿筳

序

國立臺灣文學館前館長　廖振富

　　我認識的楊維仁老師是位謙謙君子，其言談舉止煥發著溫文儒雅的氣質，真的是「饒有古風」。他早年是網路古典詩詞雅集的發起人之一，現任天籟吟社社長，長期對創作、推廣古典詩不遺餘力。而在現實生活中，他不但是著名的詩人，更是善於鼓勵學生的好老師。我曾獲贈他主編的古亭國中學生作品集，對他從事文學教育的熱情非常讚佩。

　　這次他邀集學生，共同出版這本《抱樸樓師友小集》，收錄師生古典詩與現代詩作品，除了展現師生共同因文學結緣的美好情誼，更見證維仁老師如何以行動啟發學生的文學心靈，不斷激勵他們的創作熱情。更難能可貴的是，維仁老師觀念開通，胸襟寬廣，他雖然專精古典詩創作，教導學生練習寫古典詩，但由於現代詩的創作形式相對自由，不像古典詩有格律限制，他也同樣鼓勵、指導孩子寫現代詩，不論古典或現代詩，他指導的學生參加校內外比賽都迭有斬獲，成果豐碩。

　　「著實自留純正味，何妨形態與時殊？」這不只是維仁老師詩中的佳句，更是他數十年教學生涯中對文學教育的推廣與創作，始終不渝的初心。若問他筆下的「純正味」

何所指？以下這些學生真誠的自述文字，就是最清楚的說明。

　　余志洋：「寫作於我而言，不是為了投稿或別的目的，它是一種記錄生活的方式。我把情感寄託在文字裡，文字並非從大腦裡產生，而是心底最純粹而直接的感受，不加修飾，它是我找尋已久的一方得以棲身的天地。」

　　鄭安妮：「我寫那麼多不是想藉機討拍，而是我覺得一直寫一直寫就能得到抒發，把所有痛苦塑造出一個原型，就像一個患有精神分裂症的作者，分裂出來的人格會成為每一篇小說的主角。」

　　王芃雯：「文學有如暗巷裡的一盞明燈，給予我安定的力量，指引我前行。」

　　而根據維仁老師自述：「我從 2011 年起協助古亭國中辦理『古亭青年文藝獎』，也指導學生投稿校外各類文學獎，其中也有不少學生締造了耀眼的佳績，於是先後編輯出版了《舞穗》、《邂逅古亭的 56 朵芳菲》、《驚艷古亭的五彩拼圖》，我很自豪這三本學生作品集中的創作，已有不少作品其實遠超過我自己的水準，很多精彩的詩思，根本是飛越我的想像。」他不僅以行動詮釋「何謂身教？」更可說是「仁師、人師」胸襟，最極致的展現。

序

抱樸詩心

臺北市立古亭國中校長　林泰安

　　一句句、一段段、一首首，師生們匯聚生命的江河，滔滔汩汩，孕育新生。

　　文學是真實生活的寫照，是智慧的結晶，是溫柔的擁抱，是迂迴曲折的心事，亦是莫若以明的安情，幸而古亭國中師生寄情於詩，留下了燦爛豐美的韻采。翻閱著《抱樸樓師友小集》，彷彿走進古亭文學發展的時光隧道，小集中的作者皆在古亭國中結識師生情緣，以文學感悟交織，見素抱樸，隨類賦彩。我喜歡這本詩集，讀來雋永有味，卻也清新可人，洋溢著質樸淡泊的韻致，如沐著古亭校園的春風。同是作者之一的楊維仁老師為教育部杏壇芬芳獎得主，亦為抱樸樓弟子們的指導老師，深耕文學教育，長年不輟。《抱樸樓師友小集》即是由楊維仁老師及詹培凱、余志洋、王俊元、鄭安妮、王芃雯、高暐媗、羅椿筵校友共同編排，為師生心弦共鳴的詩作合輯。此本詩集由作者自選三年內近作為主，體裁包含現代詩與古典詩。創作展現各類風格，多元且豐富，作品反映出創作者對於這個時代的關心與想法，實踐對生命的熱愛，傳遞對共榮的期盼。

　　2011 年古亭國中在楊維仁老師的協助下創設「古亭青年文藝獎」，每年舉辦校內學生新詩、散文和小說的競賽，至今已歷十年。2016 年在家長會支持下發行《舞穗》專書。2018 年學校精選近年學生參加全國、全市或全校文學競賽優勝詩作 56 篇，發行《邂逅古亭的 56 朵芳菲》特輯，書中詩畫均由本校學生親自撰寫繪製。此本精美的詩畫集於校慶進行新書發表會，佳評如潮，與當年配合世大運出版的《古亭瘋運動》校刊，一舉榮獲臺北市校刊競賽「書刊類特優」、「教育叢書特優」及「美編獎」之殊榮，不僅是肯定，更激勵師生，形塑聚焦學習成長的校園文化。2020 年出版的《驚艷古亭的五彩拼圖》專輯，擴大收錄學生文學創作的類型包括新詩、散文、小說、俳句及絕句各色樣貌，延續《邂逅古亭的 56 朵芳菲》特色，看著古亭國中同學們在文學創作上綻放一朵朵的芬芳，是斑斕與繽紛，更是汗水與渴望。

　　文學是改變文化的關鍵，更是城市向上提升的要素。它可以營造都市文化氛圍，彰顯國家文化品格，進而激發人民對未來生活的想像與創造。憶起過往，《抱樸樓師友小集》校友們在國中學習時，展現對文學寫作的熱忱，日常點滴、生活酸甜、自我生命及未來嚮往皆曾以文學的型態展現於校內外文藝冊集之中，內容各殊，繽紛精采。畢業後，師生情緣益濃，仍筆耕不輟，創作更盛，此本詩集就是最佳的時光寶盒與典藏的師生情緣。時空流轉，鐸聲恆揚，衷心期盼藉由此冊的付梓出版，激盪反思，擴大影響，凝鍊成人之美的教育價值，發揮文化薪傳的當責力量。

出版緣起

楊維仁

　　我自幼雅愛文學閱讀，嗜好寫作塗鴉，後來從事教育工作、參與社團活動，正好都和文學與寫作都有著密切的關連。數十年來一直能夠沉浸在教學與文藝之中，這是我非常珍惜與感謝的福分。

　　我在 2011 年協助古亭國中創設「古亭青年文藝獎」，每年舉辦校內學生新詩、散文和小說的競賽，至今已歷十屆。十幾年來輔導或鼓勵學生投稿各類文學獎，其中也有不少學生締造了斐然的佳績，於是先後編輯出版了《舞穗》（2016）、《邂逅古亭的 56 朵芳菲》（2018）、《驚艷古亭的五彩拼圖》（2020）三本學生作品的精華集，這三本合集頗受好評，而古亭國中學生的寫作表現也受到廣泛的肯定和鼓勵。

　　可惜這些文采燦然的學生升上高中、進入大學之後，往往因為繁重的課業壓力，擱下了青少年時期的文筆（我仍然相信，還是會有一些休眠的種子，在若干年之後重新萌芽）；但是也有一些學生，依舊抱持著筆墨塗鴉的興趣，斷斷續續寫些抒情詠志的作品，同時也仍和我保持著某些聯繫。這次我特別邀請詹培凱、余志洋、王俊元、鄭安妮、王

芃雯、高暐婑、羅椿筵這七位持續寫作的學生，共同出版這本《抱樸樓師友小集》，一來用以分享文學作品，二來則是重溫師友情誼。

　　培凱目前也任職國中老師，他在青少年時期的習作已經佚失，又從大學開始重新跟隨我寫作古典詩，後來也參加天籟吟社。大學畢業後曾經在古亭國中實習和任教，協助我指導學生寫作，編輯若干書籍。這本小集的其他六位作者，前兩位是他熟悉的學弟，後四位也算是實習期間的學生。培凱的寫作以古典詩為主，從大一開始就嶄露頭角，校內校外得獎甚多，此不贅述。近年也嘗試新詩寫作的教學與輔導，書籍刊物的編輯，假以時日，成果當更可觀，我且拭目以待。

　　志洋從國中時期就對自然觀察有著濃厚的興趣，也開始詳細記錄自然觀察的習慣，所作散文和新詩也是偏重自然範圍，卻以一首〈中元節〉贏得臺灣文學館「愛詩網」徵詩青少年組（12~18歲）的首獎。志洋高中時期，多次協助我辦理學弟學妹的校外教學與文學寫作兩類活動，同時也保持自然觀察、攝影與寫作的習慣，大學進入森林學系就讀，更是如魚得水，充分發揮自己的興趣與專長。去年以〈見晴線〉榮獲文化大學「華岡文學獎」新詩組第一名，可以說是志洋長期從事自然觀察與寫作的凝粹。

　　俊元是志洋國中同班同學，個性瀟灑，不受羈限，國

中時期投稿校內外比賽也都頗有斬獲。高中時期，常與志洋一起協助我輔導學弟學妹的校外教學與文學習作，對於啟發學弟學妹創作尤有助力。就讀致理科技大學一年級時，投稿教育部海洋創作獎一鳴驚人，榮獲大專組惟一特優，幾位中文所的博碩士生居然屈居其後。俊元投稿臺北市青少年文學獎和教育部海洋詩創作獎之前，兩度一整天窩在寒舍趕稿，抱樸樓似乎成了俊元的投稿幸運地，這也令我記憶深刻。

　　安妮、芃雯、暐媄、椿筳四位女孩是國中同學，但是分屬不同的班級，彼此之間情誼深淺不一，共同的交集則是國中的寒暑假參加我的寫作營活動。安妮的寫作以小說為主，新詩為輔，在國中階段，興致來時不顧一切瘋狂書寫，意興闌珊時卻又放空腦袋輟筆廢篇，被我戲稱為「古亭任性小說家」，校內校外投稿得獎也都侷限在小說這一組。到了高中階段，安妮仍然持續小說的閱讀和寫作，但是投稿獲獎的項目卻反而以新詩居多，與國中時期形成特殊的對比。我從來不曾擔任過安妮國文課堂上的老師，安妮卻在文學寫作以及籃球運動這兩方面和我常有互動，算是我的小小文友、詩友和球友，這樣的緣分也相當特別。

　　芃雯也沒上過我的國文課，和安妮同樣都是在課餘時間和我討論作品，寒暑假才參與我的寫作課程。芃雯的國中階段，在新詩、散文、小說三方面都有著力，也留下一些紀錄。到了高中，更把創作範圍拓展到古典詩詞，起初是自

習格律，高二那年越級參加陽明山國際文創的大學生古典詩賽，賽前接受我「特訓」了幾次，特別讓我感受到她的心思細膩，遣詞用字典雅，深具古典詩的潛力，後來果然又跨級贏得天籟詩獎。芃雯是這本合集中惟一兼收現代詩和古典詩的作者，也是寫作範疇最為廣泛的一位。

暐媇國中時期就讀美術班，同時也學習芭蕾舞，文藝氣息濃厚，她是我國文課和寫作營的學生，不論上課或下課，幾乎笑臉盈盈，非常親切有禮。她喜愛閱讀，對於寫作新詩、散文、小說，常常都有自己獨特的想法。國中階段曾經獲得《北市青年》金筆獎的新詩第一名，高中階段則更榮獲全國防災日「微小說」比賽的首獎。此外，萬芳高中的老師也為暐媇印製試驗性質的《菖蒲未央》小說集，雖然不是正式出版發行，但這也是她個人的一項特殊的事蹟。

椿筵是我導師班的學生，進入國中不久之後，我就對她在寫作方面飛揚靈動的巧思深感驚豔，當時就向同事預言：「好好記住這三個字，以後在古亭國中一定有很多機會念到這個名字！」果然，七年級獲得臺北市青少年學生文學獎的優選，八年級又榮登澎湖縣菊島文學獎青少年組（12~18歲）的首獎，獎譽連連，甚至被暱稱為「椿神」。椿筵也有一雙巧手，在製作卡片和繪圖方面都有過人的表現。椿筵、芃雯、安妮不僅國中時期常在我的辦公室寫作，畢業後也幾次穿著高中校服回到國中母校來雕琢詩篇，三位

女孩同在高中一年級連袂獲得教育部海洋詩創作獎，頗讓楊老師引以為傲。

其實「抱樸樓」歷屆學生之中，也還有不少妙筆生花的高才，曾經揮灑動人的篇章：余曉晴、陳玉蓮、吳韋諒、吳于杏、陳汗琛、郭家伶、林師卿、李芷葳、李芷萱、彭苡庭、陳貞廷、秦楠淳、羅依……以及更多更多的名字，容我就不一一細數，可惜我已經很久沒有欣賞到他們精彩的創作。也許這些孩子只是暫時和寫作脫節，當然也有可能還在某個場域繼續創作（只是我無緣得見而已），這其實也都沒有關係，至少，文學的養分曾經滋潤孩子們的心靈。或許，會在某一個時刻，某一個機緣，重新萌發創作的種子，綻放綺麗的芳菲。就算是以後不再提筆寫作了，希望文學仍然是「抱樸樓」弟子們一生美好的心靈滋養。

《抱樸樓師友小集》是我們師生編排作品、重溫情誼的合集，八位作者各自發揮不同的題材和體裁，表達自己對於生活中各種事物的觀察和體驗。我們不是專業作家，只是希望藉由這本小集野人獻曝，向各位讀者分享文學寫作這樣美好的經驗。

楊維仁

著實自留純正味，

何妨形態與時殊？

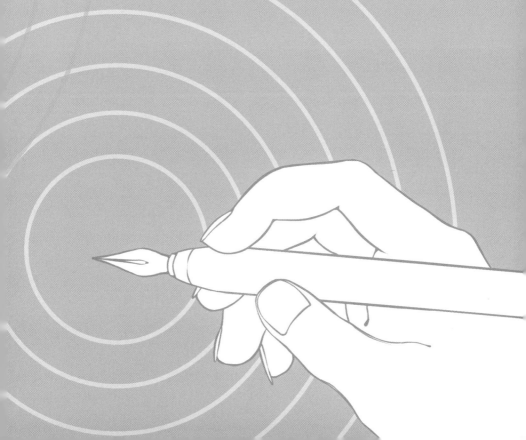

楊維仁（1966~），出生於宜蘭，臺灣師範大學畢業後擔任國中教職，現已退休，目前擔任臺北市天籟吟社理事長，自署齋號「抱樸樓」。

　　曾經參加臺灣師大南廬吟社、網路古典詩詞雅集、乾坤詩刊、澹社、中華民國傳統詩學會、天籟吟社等詩社，先後師事張國裕老師、莫月娥老師、羅尚老師、張夢機老師，曾獲教育部文藝創作獎、臺北文學獎、蘭陽文學獎、玉山文學獎、礦溪文學獎、乾坤詩獎、獎卿詩獎等，也常應邀擔任古典詩講座與評審。

　　著有古典詩集《抱樸樓吟草》、《網川漱玉》（合著）、《網雅吟懷》（合著）、《網苑凝香》（合著），主編古典詩集《天籟新聲》、《網雅吟選》、《天籟吟社九十週年紀念集》、《捲籟軒師友集》、《捲籟軒黃笑園詩集》、《鹿谷黃錫三秀才詩集》（合編）、《張國裕先生詩集》、《莫月娥先生詩集》等，製作詩詞吟唱專輯《大雅天籟》、《天籟吟風》、《天籟元音》，主編現代詩文集《舞穗》、《邂逅古亭的 56 朵芳菲》、《驚艷古亭的五彩拼圖》。

小油坑

凌空神斧劈崗巒，削裂山光半片殘。

萬竅噴煙騰怒氣，四時沸地起狂瀾。

疾徐聲挾風雷變，濃淡形隨霧靄攢。

缺陷一隅休抱憾，天教絕險作奇觀。

鹿港采風 四首

龍山寺

分霑法雨潤三臺，遙奉香煙安海來。

柱聳山門閎架構，樺連藻井細鐫裁。

無須富麗鋒芒露，別有恢弘氣象開。

散盡繁華歸本色，恬然淨域絕塵埃。

注：鹿港龍山寺自泉州安海龍山寺分靈來臺。

進士第

宅院深深秋復春，門前車馬自揚塵。

淵源遠溯天方境，族裔翻遷海上津。

黃甲題名崇譽望，白沙掌教飽經綸。

斗山術業垂風範，獨立斜暉蹟未陳。

注：丁壽泉進士之祖父自泉州遷居鹿港，其遠祖則為阿拉伯
　　裔。丁進士曾任彰化白沙書院山長。

十宜樓

九迴曲巷夕陽斜，樓宇曾經雅興賒。

時玩琴棋時玩畫，也宜詩酒也宜茶。

莫嘆歲渺空雲影，且待宵深掬月華。

名士清遊憑想像，我來徙倚拾餘霞。

半邊井

三槐堂外客流連，指點紛紛井半邊。

分潤閭閻誠厚意，受沾涓滴亦甘泉。

老街顏色時消褪，小鎮風華幾變遷。

鑒證人情淳美在，並同牆內一輪圓。

（以上〈鹿港采風〉四首獲選彰化縣第二十二屆磺溪
文學獎傳統詩類優選）

邀　飲

相約平生友，清歡醞釀中。

把杯溫舊夢，煮酒話初衷。

莫恨鬢添雪，翻教顏轉紅。

青春回首望，陶醉與君同。

秋　扇

一自西風起，收將篋底埋。

投閒新況味，拂暑舊情懷。

漸歷炎涼慣，何愁境遇乖？

行藏隨用捨，進退與時諧。

同舟共濟

噴腥灑沫勢洶洶，四海驚惶禦毒龍。

邦國戶門紛鎖鑰，黔黎口鼻各緘封。

漫天風雨橫千里，裂岸波濤險萬重。

吳越同舟攜手渡，亂流穩舵濟災凶。

（天籟吟社庚子年春季例會左右雙元）

口罩行

人人一口罩，各自掩容貌。

照面無笑顏，情誼為阻拗。

座中偶咳唾，滿室盡驚躁。

咸憂疫情延，惟恐及身到。

昔年傳煞斯，噩耗頻時報。

氾濫如江河，舉國陷泥淖。

舊魘未全消，覆轍又重蹈。

忽燃新流感，勢若火就燥。

萬眾皆惶惶，競相避風暴。

容顏與人情，閉隔在口罩。

注：2010 年舊作。煞斯（SARS），即嚴重急性呼吸道症候群，
　　2003 年流行，多人致死。新流感，即 H1N1 新型流行
　　性感冒，2009 年流行。

花　市

一片芳心抱負真，居然論價在紅塵。

可憐望斷韶華老，誰是垂青賞識人？

注：2020 年 4 月 20 日凌晨夢寐之間有作，起而記之。

紫番茄

纍纍異果出凡株，顏色居然紫奪朱。

著實自留純正味，何妨形態與時殊？

南下新竹道中作

薄衫短褲自輕盈，向晚欣然竹塹行。

百里驅馳非俗事，一時佳興會三英。

注：2020 年 6 月 1 日傍晚搭乘自強號南下新竹，與麗芳女史、
　　身權兄、柏伸賢棣晚餐。

辛丑歲末中和送子衡兄轉任

寒風瑟瑟雨淋淋，歲暮天涯動客心。

此去重開新際遇，佇聽春鳥囀佳音。

培凱春山雨中賞櫻絕句榮膺白沙
文學獎次韻勉之

攜囊載筆訪櫻紅,獨步無妨料峭風。

雨裡尋芳須著意,詩情總在晦明中。

注:學生培凱以〈春山雨中賞櫻〉榮獲彰化師大「白沙文學
獎」古典詩組首獎,原作刊於本書第 46 頁。

賀椿筵榮獲菊島文學獎青少年組
新詩首獎

魚飛鳥泳自天真，遐思鎔裁別有神。

無際蒼茫連浩渺，描摹獨到屬詩人。

注：學生椿筵以〈淚的痕跡──倒影中的柱狀玄武岩〉榮獲
　　澎湖縣「菊島文學獎」青少年現代詩組首獎，原作刊於
　　本書第 148 頁。

詩文行跡

　　我從小就對閱讀很有興趣，對文字也有若干敏銳度，高中時期開始自習寫作，起初寫一些自以為是的現代詩，後來也嘗試作「古典詩」，但是並不明白傳統的平仄格律和押韻規則，幸而機緣巧合讀到喻守真先生的《唐詩三百首詳析》，從這本書中初窺古典詩門徑，開始習作七言絕句和五言律詩。同時，也繼續舞文弄墨寫作新詩。現代詩在同儕的文藝青年之間較為流行，畢業前我投稿校刊《附中青年》，首度被刊登了一首新詩和一篇雜記。但是古典詩則是孤獨行吟，僅能傳示好友而已。同學黃俊偉和盧彥佐經常是我的古典詩讀者，他們雖然不諳格律，但是也常給我一些深刻的意見。

　　進入師範大學之後加入南廬吟社，旋即參加「全國大專聯吟」，菜鳥初試啼聲，居然榮獲七絕第二名，帶給自己很大的鼓勵。南廬時期，楊淙銘、張允中兩位學長亦師亦友，對我啟迪甚多。也在偶然的機緣，拜讀張夢機老師《古典詩的形式結構》，精研再三，自認對近體詩格律逐漸嫻熟。

　　畢業任教國中之後，寫詩的興趣漸減，即便偶有詩作，也找不到幾個讀者，很有踽踽獨行的落寞。幸而，在一次研習中，拜識張國裕、莫月娥兩位老師，引領我重返古典詩壇。1998 年起接觸電腦網路，認識了陳耀東、吳身權、王凌蓮、李佩玲、李正發、李德儒這些網友，後來也一起開創「網路古典詩詞雅集」，帶動臺灣網路的詩風，激勵了一批後起之秀。我們也在這段時期接受羅尚、張夢機兩位老師親自指導，獲益良深。

　　自我 1990 年初任教師以來，幾乎都會指導各屆的學生試作七言絕句，希望學生藉此體驗詩的格式。我自認對於古典詩較有心得，但對於現代詩的寫作就相對生疏，後來自己參加《乾坤詩刊》認識了藍雲、林煥彰、劉正偉、林德俊這些現代詩人，又重新關注現代詩，也興起指導學生寫現代詩的念頭。

　　我從 2011 年起協助古亭國中辦理「古亭青年文藝獎」，也指導學生投稿校外各類文學獎，其中也有不少學生締造了耀眼的佳績，於是先後編輯出版了《舞穗》、《邂逅古亭的 56 朵芳菲》、《驚艷古亭的五彩拼圖》，我很自豪這三本學生作品集中的創作，已有不少作品其實遠超過我自己的水準，很多精彩的詩思，根本是飛越我的想像。

　　這次邀請培凱、志洋、俊元、安妮、芃雯、暐妹、椿筳七位學生，共同出版這本《抱樸樓師友小集》，藉以分享文學作品，並且重溫師友情誼。這本小集編輯出版之前，我也順便在這裡回顧自己一路走來的文學歷程，概略記錄沿途的雪泥鴻爪。

詹培凱

無端思到空靈處，
筆下河山點染成。

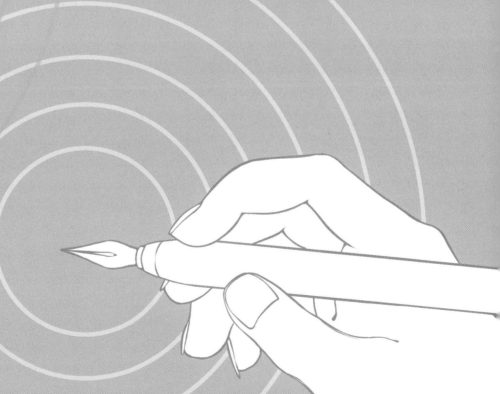

詹培凱（1995~），臺北人。2007 年就讀臺北市古亭國中，並受業於楊維仁老師，國立彰化師範大學國文系畢業，於大學時期開始向楊維仁老師學習古典詩創作。曾與黃允哲先生、楊維仁老師合編《鹿谷黃錫三秀才詩集》，現為國民中學國文科教師。

　　大學時期，校內參加白沙文學獎，曾獲三次古典詩組首獎。校外比賽則曾獲第四屆舞劍壇醉俠文學獎古詩詞組首獎、第四至第六屆蔣國樑古典詩創作獎第三名及佳作。2015年加入臺北市天籟吟社，於天籟吟社 95 週年徵詩比賽，獲得第二名，年底受邀前往湖北參加第一屆聶紺弩盃中華傳統詩詞邀請賽，獲得第二名。2017 年參加臺南市古典詩主題徵詩學生組，獲得優選。大學畢業後，先後於 2019、2020天籟詩獎獲得青年組佳作。2020 年參加第九屆臺中文學獎，獲得社會組古典詩組第二名。

詹培凱

詹培凱

日治時期人史四詠

李梅樹

負笈重洋畫技求，天涯盡處豈回頭。

筆描神秀容光煥，紙映山河景氣收。

故土終歸至完善，真情欲返向溫柔。

世間色彩非撩亂，點染一生千古流。

鄧雨賢

嶼內驪歌傳唱遍，漫吟字句惹愁聲。

誰憐過客雨中夜，還戀落花塵外情。

終究人酣將聚散，何妨曲歇已陰晴。

明朝野望春無極，拂面清風步履輕。

林秋梧

袈裟披上赴紅塵，省視潮流欲辨真。

一世悲歡常伴淚，數回冷暖更親人。

力除習弊傳風範，兼守仁和倍苦辛。

彼岸蒼茫頻擺渡，往來不問幾時春。

鹿野忠雄

走訪深林孰與同，一窺大塊似無窮。

雲嵐輕入襟懷裡，山嶺橫陳掩映中。

識得蓬瀛真面目，著成經典本情衷。

南洋竟去何曾返，信是忘歸逐晚風。

（以上〈日治時期人史四詠〉獲選第九屆臺中文學獎古典詩組第二名）

臺灣文學館

百年翰墨豈蒙塵，久貯風華味更醇。

舊色樓邊鳳凰樹，花陰掩映眼前人。

（第三屆臺南市古典詩主題徵詩學生組優選）

龍舟競渡

奮力迎風破浪行，喧騰鑼鼓更相爭。

一時勝負心常掛，來處回望水已平。

（2020 天籟詩獎青年組佳作）

龜

緩攀岩上沐春暉，回首清池渾忘機。

縱使客身家屋負，江湖到處是吾歸。

（2019 天籟詩獎青年組佳作）

敬呈抱樸夫子

髮鬚凝得幾分霜，神采翩翩如往常。

瑤句清吟懷意趣，騷壇朗耀倍榮光。

別裁總有孤高氣，妙韻頻登大雅堂。

我亦欣然沾化雨，從遊翰墨逸情長。

草　莓

草色輕啣紅潤身，九天珠玉入寰塵。

酸甜最似人情味，轉過風霜又是春。

（天籟吟社庚子年春季例會）

春山雨中賞櫻

十里峰青亂抹紅，嬌姿曳曳倚清風。

繽紛竟爾無人問，寂寞春菲煙雨中。

（彰化師範大學第二十屆白沙文學獎古典詩組首獎）

可　樂

涵容暝色納瓶中，唇齒翻騰烈味充。

轉瞬漚泡皆幻滅，及時得意沁情衷。

（第四屆蔣國樑先生古典詩創作獎佳作）

有感寄素心詩友

不是吾心不愛詩，煩塵俗務意俱遲。

何當共眺淡江水，立夏荷開蟬唱時。

詩文行跡

　　我認為創作即是一種心靈上的追求，古典詩更是其中精煉者。自勉作詩能不假雕飾、獨抒心志，若能於古典詩的漫漫長河中留下一點足跡，便覺得無憾。此外，寫詩的這樣一個風雅又樸實的興趣也讓我結識了非常多的朋友，有的是詩社的前輩，也有的是各大專院校同樣愛好寫詩的夥伴，以詩會友，這樣的機會是很珍貴的。

　　維仁老師寫詩創作的事蹟在我還是國中生的時候，幾乎是全然不知道的，大概是因為老師的個性也不喜歡炫耀張揚。只有一次，和一群同學一起幫忙老師整理辦公室，在清理書櫃的時候，看到了老師出版的《抱樸樓吟草》，當時只覺得有趣，隨手拿起來翻閱，大概就是那時候起初次把維仁老師、古典詩、我三者連結在一起。

　　老師雖然深藏不露，但卻非常堅持的讓自己任教的每屆學生，都在課堂上練習寫作新詩及古典詩，並且把我們其中比較優秀的作品製作成講義，供大家閱覽評點。到我大四時才回想起國一時也練習寫了一次七言絕句，但早已忘記詩作內容，索性向老師詢問是否可能收錄在我們那屆學生的講

義當中。我們調閱出以往的檔案，但是從頭到尾審視下來並無留有「詹培凱」的名字。最後老師開玩笑的安慰我說：「大概是那時候寫得太差了，哈哈！」

本書的其他作者，有的是畢業後回古亭國中參加新詩寫作營認識的學弟妹，也有的則是曾在古亭國中實習時候的學生。無論如何，能在生活中多添加一些詩的情趣，我是十分贊同的。

感謝維仁老師至今為止對我的無數栽培，從國中時期向老師學習至今，已有十六個年頭，身教、言教、詩教、師教，無一不是老師親自教授給我，期許自己未來也是一位這樣的「仁師」，把知識與道理教給學生們，並且與維仁老師繼續這份難能可貴的師生緣分。

余志洋

放空，感受每個微型世界裡的意義。

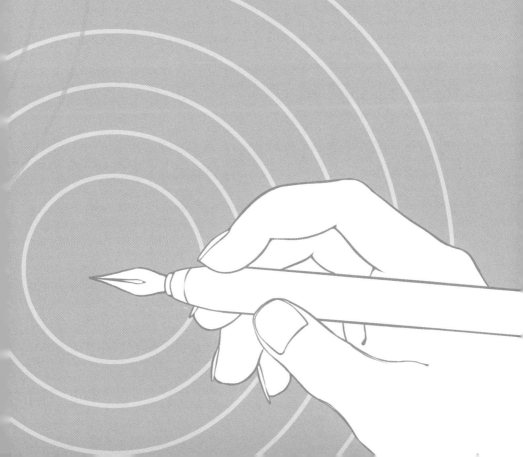

余志洋（2001~），是個土生土長的萬華人。不常寫作，但喜歡寫作。白天與晚上會有不一樣的思考模式，而且自動切換，不由自主。

興趣廣泛，舉凡鳥類、昆蟲、兩爬、登山、鐵道、公車、跑車、礦坑都有些許涉獵，但目前最喜歡的是植物。期許有一天能為這些不能言說的植物族類發聲。

曾就讀古亭國中、永春高中，現就讀中國文化大學森林暨自然保育學系。曾獲文化大學「華岡文學獎」新詩組第一名、國立臺灣文學館愛詩網新詩創作獎青少年組首獎、古亭國中「古亭青年文藝獎」散文組首獎及新詩組佳作。部分作品刊載於《舞穗》與《邂逅古亭的 56 朵芳菲》。

余志洋

余志洋

中元節 (2015)

七月　是一把鑰匙

伊呀一聲

開啟那塵封已久的門

所有禁忌都游了出來

有的乘著水燈搖搖晃晃

有的攀上孤棚隨旗幟翻飛

更多湧向堆積如山的三牲四果銀紙經衣

更有一不小心摻入煙灰

薰進了眼

化為一滴晶瑩

悄悄地掛在簷角

（國立臺灣文學館 2015 愛詩網新詩創作獎青少年組首獎）

夜，在永春等車 <small>(2017.5.8. 留校晚自習後)</small>

這夜

難得寧靜

一閃一閃的彎道警示牌

彷彿正看著我

問我

要去何方

似乎

不遠處

有蛙在說

靜　靜　靜

忽然

這難得的寧靜之夜

被烏秋的叫聲刮破了

我問牠

累嗎？

未等到牠的答案

車　來了

我上了車

門一關　砰！

與寧靜

匆匆道別

海埔姜 (2018.10.12.南方澳)

聽，海

奮力拍打著海灘

強烈地侵蝕島嶼

潮，漲了

雲，厚了

大山在怒吼

與海水抗衡

唯獨你

彷彿置身事外

卻又無可避免

但你並不退縮

因為

你從來不懂得畏懼

注：海埔姜 (*Vitex rotundifolia*) 又稱「蔓荊」，為蔓性灌木，
廣泛分布於海岸地區，是重要的海岸定砂植物。

余志洋

日本藍泥蜂 (2019.5.16.土城)

身披一襲金縷衣

是誰

在光的詮釋下

呈現亮麗的外表？

是誰

在山谷間

以金屬藍的光澤

妝點這座山林？

是誰

在我的眼中

用那耀眼的藍光

奪去我的視線？

注：日本藍泥蜂 (*Chalybion japonicum punctatum*)，是細腰蜂科的一個物種，體長約兩公分。雖然嬌小，但是身上的藍色金屬光澤卻相當豔麗。

火　車 （2020.3.13.瑞芳）

火車，奔馳著

鋼輪在鐵軌上快速轉動

空氣，被劃破了

夾帶著強烈氣流

從那道破口

蜂擁而出

那是

一道永不癒合的

傷

卻又不留任何的

疤

。

下一秒

又是一陣平靜

鹿野的夢想 （2020.8.27.鹿野高台）

夏日雷雨的洗禮

鹿野的空氣涼了

山嵐與熱氣球共舞在高台之上

點綴傍晚的美好

五顏六色的熱氣球

如一個個年輕夢想

冉冉升起

那一刻，感動了

「就算日落了，夢想仍要飛」

雨中淡蘭 （2020.11.14.燦光寮古道）

灰濛濛的天

與早晨空無一人的金瓜石

在一群大學生的喧嘩與腳步聲中醒了

充沛的溪水漫遊在石階上

濕透了大家的鞋

泥巴也來湊熱鬧

跟著我們穿梭在山林間

沿著前人的腳步

在雨天

細品這條淡蘭百年山徑的一紙故事碎片

注：淡蘭古道乃清領時期北臺灣地區極為重要之古道系統，
　　聯絡淡水廳與噶瑪蘭廳，並分為北、中、南三路。燦光
　　寮古道屬北路，其最初為官道，後逐漸演變為民間重要
　　的開墾路線之一。

日落紗帽 (2021.3.16. 紗帽山日落)

獨行在黃昏的大海

沒有經緯，沒有指令

逐浪漂泊

像失憶

像失戀

像丟失了魂魄

坐看夕陽之情

細品日落之懷

那不是散去的筵席

而是夢的開端

注：紗帽山，海拔 643 公尺，因擁有鐘狀渾圓的山形，且貌
　　似古代官員的烏紗帽，因此稱作「紗帽山」。登頂後的
　　觀景平台可遙望淡水河出海口，偶爾可見到船隻在遠方
　　等待進入台北港。

見晴線 （2020.7.2. 太平山見晴線）

迷失在雲裡的路

被青苔彌封了記憶

霧，設下了結界

深怕它會一不小心

墮入世俗深淵

轟隆轟隆的蹦蹦車

震開了記憶的缺口

恍惚中

倒下了無數巨木

赤裸裸露出山的肌膚

雲輕吻哭泣的臉

在新葉

在巨木的傷口

在塵土間

以無聲澆熄了伐木聲

以淚水撫慰了傷痛

鏽蝕的歷史
隨腐朽的木橋
墜入記憶的溪谷
沉入夢裡的森林
化作清晨的露珠
陽光下，散逸而去

沉默而遙遠的故事
在見晴線的蜿蜒小徑上
如思想般
不斷地延伸
不知雲的那端
天氣可好？

注：見晴線為新太平山林場的其中一條運材鐵路，因為該地
　　時常處於雲霧之中，極不容易見到晴天，故前人將之命
　　名為「見晴線」。現此處為太平山國家森林遊樂區之見
　　晴懷古步道。

（2021 文化大學華岡文學獎新詩組第一名）

金毛杜鵑 （2021.7.25. 二子坪）

傍晚的森林裡

自然而生的金毛杜鵑

披上夕陽相贈的金衣裳

輕盈地隨風起舞

那一刻，森林裡有了主角

注：金毛杜鵑 (*Rhododendron oldhamii*) 為臺灣特有種，野外
族群主要分布於臺灣北部地區平地至海拔 2500 公尺之
中海拔森林。其小枝上之金色腺毛為最主要特徵。因其
花除冬季以外皆開花，故常被作為觀賞植物栽植於各
地。

詩文行跡

　　國中時期，我的導師楊維仁老師常常讓我們寫作，一開始其實對寫作沒有什麼興趣，也只覺得那就是一種作業。但是在這個過程裡，我逐漸發現寫作也是一種樂趣。只是也許因為還太年輕，很多事情都不懂、也沒有經歷什麼挫折，因此對於寫作就沒有太多的想法。

　　記得那時，老師常在課堂上分享同學的優良詩作，我的同班同學俊元，他的詩，總是帶給我耳目一新的感受。還有我的導師楊老師，因為有了老師在寫作上的啟蒙，這才引領我走向自然寫作之路，也才讓我得以用不一樣的眼光看見這個世界。培凱學長在我的印象裡，是一位擅寫古詩的人，有著古典詩人的氣質。本書的另外四位作者則是我的學妹，雖然我從國中畢業後就比較少回母校，但有時也會透過臉書，看到她們的作品獲得各類文學獎，著實令人讚賞。

　　國中畢業後，開始變得比較常寫作。

　　大約是高三時期吧，當時來自各方的壓力極大，寫作對我來說完全是發洩情緒之用，完全不是為了要參加比賽或

證明什麼。但是隨著時間久了，經歷的事情愈多，我開始發現寫作使我的觀點與想法產生變化，而我看待事物的視角也隨之改變。

我喜歡沉醉於每分每秒裡的千千萬萬個世界。放空，然後感受每個微型世界裡的意義。

我能感受這個世界最純粹的一面：烏心石潔白純淨的花朵、白耳畫眉清脆嘹亮的歌聲、輕撫冷雨的山嵐，那是五官全開的自適，也是看見最初生命的清澈。

現在寫作於我而言，一樣不是為了投稿或別的目的，它是一種記錄生活的方式。我把情感寄託在文字裡，文字並非從大腦裡產生，而是心底最純粹而直接的感受，不加修飾，它是我找尋已久的一方得以棲身的天地。

王俊元

偶爾搖晃一下靈感，
讓文字的鈴鐺，響起。

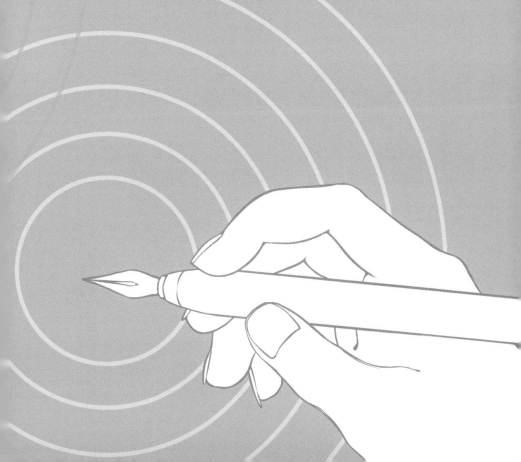

　　王俊元（2001~），從小生活在夜市的樂天小伙子，國中的時候與楊老師相遇就此走上了新詩寫作這條路。畢業後，寫作成為我心情抒發的一個管道，喜歡文字排列與碰撞的結果，又或是純粹簡單的心情落成一行行的詩。對許多事物抱持的好奇與尊重是我生活的信條，長大後總是很難在一個地方久待，起起伏伏的生活讓我樂此不疲。

　　曾就讀於古亭國中、士林高商，現於致理科大研讀應用日文系。得獎事蹟有古亭國中第五屆「古亭青年文藝獎」新詩首獎、《北市青年》第二十三屆金筆獎國中組新詩佳作、台北市第十屆青少年學生文學獎國中新詩組佳作、國家通訊傳播委員會 2015「網安文采獎」國中組作文佳作、教育部第二屆「海洋詩創作獎」大專組首獎。部分作品刊載於《舞穗》與《邂逅古亭的 56 朵芳菲》。

王俊元

夜。行者

夜　失眠

放肆的寂靜嘲諷

靈魂的空洞

沉默盪開片片浮塵

讓憂愁的月

在這黑沉沉的夜

留白

遊晃

孤與寂的夾縫

我用冷風細聽

那月，夜的傾訴

（修改版，原版獲選《北市青年》第二十三屆金筆獎
國中新詩組佳作）

水循環

沒有起點

持續在這世界遊走

我的無形

泛起的種種漣漪

是昨日夢魂的蕩漾

曲折的路　忐忑的心

狹小的途徑容納不下我的激情

相撞的分歧矛盾

止不住洶湧沖動

隨著溫和的心悸

逐漸輕盈

包覆我與天藍相襯的身軀

凝結的時間緩緩回溫

墨黑的荊棘渲染了身軀

虛空的高傲失足滑落

化為一根根玻璃針

淅瀝織起

崩裂的自我

我持續在這世界遊走

沒有終點

我收到一封郵件，來自夏天

手。掌。心。
握著節拍
海風寄出一封郵件
五月的風鈴響起
夏奏的來電答鈴

惺忪的海打了個哈欠
緩緩訴出的呢喃
輕撫過稚嫩的臉龐時
不忘勾起一抹微笑

撲向晴空的沙灘排球
隨著傾瀉的陽光　灑落成

　　　　拋物線

　　　上　　　的

　　音　　　　符

蹦跳　在海風譜出的五線譜上

遮陽傘下旋音迴盪

西瓜綠波沖擊清涼

　　紅焰點燃甘甜

鳳梨緊咬浪的舌頭

　　酸甜高歌的天籟

芒果的馥郁繚繞成

珊瑚紅的彩霞　捧著夕陽

結果在夢的遠方

當海風喚起

椰子樹梢共振的頻率

我收到一封郵件　來自夏天

（台北市第十屆青少年學生文學獎國中新詩組佳作）

水　餃

把月光壓成外皮

內餡是深沉的寂寞

壓緊　封實

小心別讓思念竄出了口

焦慮　沸騰

滿鍋的生澀

在滾滾惆悵中熟成

以縱橫交錯的嘲諷

瀝乾多餘的思緒

放入似鏡的盤中

當那粒粒晶瑩

從憔悴的夜色升起

從沙啞的路程墜下

盤中只剩

映照出的空洞身影

（古亭國中第五屆古亭青年文藝獎新詩首獎）

賴　床

黑夜緩緩離去

企圖再走過半個地球

白雲冉冉飄逸

細膩擦拭月的遺憾

陽光重申天空的主權

讓彩霞奏樂晨曦的旋律

阿修羅譜出的音韻

憾不動許普諾斯的夢囈

我漫遊在公園的一偶

芬芳圍在身旁公轉

倚靠在斑駁的長椅

長椅倏然笑了

咯吱咯吱的說：

「夢的重量太重。」

鈴鈴鈴！

我聽，見一個彎鉤

試圖釣起我的意識

卻勾起我的眉頭

「喀嚓」

煩悶索性把繩子剪斷

　　又一溜煙跑走了

留我和愛枕和被窩和柔床

睡魔演奏時間的安眠曲

滴答 …… 滴答 ……

牽 罟

嗚——

回聲填滿了空蕩的螺殼

將灘頭的足跡串起

神明湛藍的手撈了把

拋向天空的紙錢

哼著海風的民謠

祈福的人跟著節奏

去吧！浪潮將擁簇你們

撒下繩結

交織一片海色

王俊元

纏繞著期盼，我們

牽一張縫縫補補的網

牽一個漁村流傳的記憶

牽起我與你與他的間隔

退後的步伐

浪花裡牽起銀白的鱗光

一股腦地話語全塞進風中的歌謠

鼓搗的浪開始歡騰

喔──足跡終將散去

灘頭與海潮依舊

來回拉扯

（教育部第二屆海洋詩創作獎大專組首獎）

凝結尾跡 (2021.9.11.)

斷掉的音符

密集的譜

輕薄的濃厚的淡淡的雲

連成了山

是這樣的一橫

劃在了山上

目光停駐遠方

譜的軌跡上的音符

然後忘了遠方的飛機

那往地平線的筆

王俊元

劍 客 (2021.9.18)

持一劍

玩一葉

完美的一刀而斷

讓葉脈都沒瞧著我的心意

心中念的片刻

葉片貼著過了

或晃或擺或隨

四季不同的色彩在盪

冬月時一陣風遮了眼

葉碎去

劍失了劍鋒

失了色彩

尋著尋著葉落下了

劍弄著葉

一陣風碎成了背景

詩文行跡

「在寫詩的路上」

　　國中畢業後升上高職的生活常常找尋不到目標，渾渾噩噩的過了三年，也唯有新詩作為偶爾的興趣——能稍稍讓自己找到想做且有自信的事情。參加了大大小小的比賽，對於比賽與寫詩的心理多多少少有了衝突。比賽是磨練技術、是反覆找尋詩的碎片，經過多個角度的打磨而成的詩。投稿比賽的作品，我常選擇敘事、詠物，把自己的感情、想法依附於詩作上。老師教導我們要虛實轉換，但是我常覺得在抒發自己內心澎湃的感情時，缺少了使人而產生共鳴的詩意與文字，多次嘗試後更令我有了另一種「失意」——對於無法完美傳達想法的失落感。漸漸的我就把新詩當作純粹的感情抒發，像是一本曾經立志寫滿個人生百年，如今也只是偶爾翻開的日記本般，笨拙的留下紀錄。

　　相較於高中，國中跟大學更像是有了一點過著生活的感覺。國中有時間專注在新詩上，又或是有楊老師的用心鞭笞，我在新詩上有了許多的心得。之後比賽與寫作分享的路途上，一直有楊老師陪我給予我指導與勉勵，大學則是遇到

了很多現實與生活的問題，透過偶爾寫詩作為抒發管道。

「關於寫詩」

　　第二首〈水循環〉我印象深刻，是我第一首十五句以上的長詩。國中時老師指定了一首創作十五句以上的新詩，這對從沒寫過長詩的我而言，是很艱鉅的挑戰。那時我想的新詩是短而具爆發力的，還記得想來想去夜都黑了，班上同學只剩三兩位還在努力思考。說來好笑，想了這麼久我才想起自然課上的水循環，想著課本上的示意圖，化身為水從天空落下，在大地奔馳，幻想的是瀑布、是激流。高昂的情緒在大海中平靜升起到了天空，但是想起那場旅遊，在天空看著的我怎按捺得住，所以情緒開始積累，成為黑壓壓的烏雲一傾而下。寫詩一直都是我的天馬行空，很喜歡把自己的幻想變成文字來表達。

　　國中的時候常有比賽要參加，但總是到了最後一刻，才找到創作的題目跟想法，然而急急躁躁的為了寫而寫，終究不是我的風格，現在回頭看第三首〈我收到一封郵件，來自夏天〉，還是有很多值得檢討和注意的地方。這個題目本來想表達夏日慶典，狂歡的氣氛，想使用各個夏天的素材來營造很熱鬧的氛圍，但是過度追求使用不好理解的文字，以

及不夠精簡造成的冗長，現在回頭看來，處處都顯得不夠妥善。學會新詩給我最大的幫助是懂得怎麼去閱讀一首詩，揣測、理解一首新詩，這令我感到收穫滿滿，回頭看以前的自己真的很多想法，有一種跟自己在跨時代交流的感覺。現在的我，寫詩的時候不再像以前一樣琢磨句子，取而代之的，是會寫下長長一段當下的心情與想法，讓自己能再回頭來修改的時候，告訴自己那一刻的靈感。

鄭安妮

香濃的氣息向指尖漫延，
輕彈一曲羅曼蒂克。

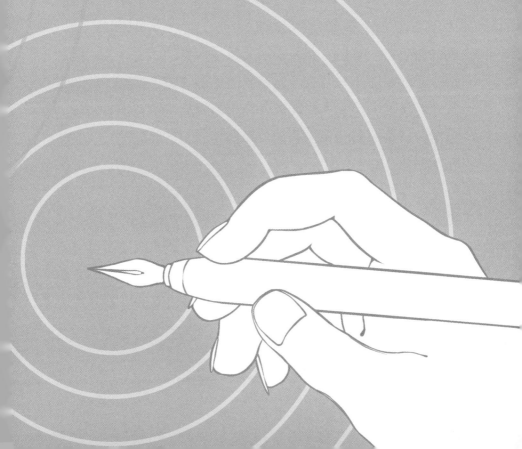

鄭安妮 (2003~)，畢業於螢橋國小、古亭國中，現在就讀新北市立光復高中。我算是一個矛盾的創作者，靈感來臨時總能不顧一切瘋狂創作，但是頹廢時卻連一個字也不願意寫，我認為「趕工製造」的作品沒有靈魂，讀起來會十分枯燥。

我本身也是嗜小說如毒品的癮君子，喜歡沉浸在故事裡無法自拔的感覺，一旦耽溺於小說的情節中，會對喚醒我的人亂發脾氣，這跟一般所謂的「起床氣」狀況非常類似。我也對閱讀古典詩情有所鍾，雖然對於某些詞句似懂非懂，卻很喜歡文字散發出來的氣氛和韻律。

曾獲得教育部「海洋詩創作獎」高中組優選、《北市青年》金筆獎高中組新詩佳作、全球華文學生文學獎高中組小說組入圍、光復高中「光復文學獎」新詩組優選、《北市青年》金筆獎國中組小說佳作、古亭國中「古亭青年文藝獎」小說組優選、部分作品收錄於《驚豔古亭的五彩拼圖》以及各得獎作品集。

鄭安妮

Annie

寂　寞

挖空了思念

注滿謐靜

從黑白的背景

溢出淒美　夢境

熱可可

我聆聽　熱水沖出的熱情

與裊裊輕煙　綢繆成樂譜

我聆聽　粉末柔情舞出的旋律

交融出你我

指揮棒勾勒出

香濃的氣息向指尖漫延

輕彈一曲羅曼蒂克

點綴白色拉花

綻放在你唇邊

滋潤了頸肩、鎖骨

牽絲至咽喉

熾熱的愛意流入心房

順著血液

襲捲了頭腦

我品嘗著

你說　不夠甜

輕撒了點

荷爾蒙在上面

彷彿就是你　完美的比例

（《北市青年》第二十八屆金筆獎高中組新詩佳作）

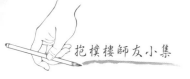

尋　鯨

鯨噴出的希望

匯流成一道航線

澎湃的驚浪騰湧上甲板

堅定船舵　不畏迷霧混淆

聆聽你的鯨世鯨聲

尋覓著噴泉下的姿影

漂泊到海洋的盡頭

夕陽餘暉灑落

夜晚降幕

船隻熄掉滅了亢奮

失望漫延到船舷

迷惘了心海

等待黎明

我重溫內心的鯨鯢

再次升起整片勇氣

鳴笛聲響起

乘著驚濤

衝向破曉

（教育部第二屆海洋詩創作獎高中組優選）

輿　論

利刃劃　開深淵

麻木交錯的萬縷紅線

一如罪狀　條條

鞭笞著靈魂

鮮血逃竄間　染出

卡戎之船　隨著冥河

在人言中游蕩

繡上荼蘼花的長篙　誤陷

暗藏齒狀的漩渦

反覆咀嚼呼之欲出的　尖　酸　刻　薄

舌尖翻湧而起

迫切的浪潮　襲捲字句囂張

方向　迷失在呼嘯的蜚語

意志　禁錮在臆斷的流言

殘存的掙扎　沉吟哀悼

支解的軀幹

散入千萬人的思緒中

攪亂一艘破敗

腐朽成片片　浮木

輾轉溺斃於萬千唾液中

象形文字

塔上鑴刻的

如出土的愛情

一不小心　墜入了你的詛咒

在一片沉滯的惆悵中

究竟埋藏了多少

未知的奧義

你以晦澀的符文

折磨我清晰的意志

你以無情的咒語

抨擊我拼湊已久的雀躍

龜裂成淚珠　點點

風化成了塵土

線條勾勒出了詰屈

逐漸交織成條條誤會

綿延出無盡的徘徊

迷惘於沙礫中

刷子輕拂你深邃的輪廓

掃起眷戀

如一蕊芳菲

渴望吹向千年的羅塞塔石碑

等待這熹微

照映在

尼羅河上

反射……

（光復高中光復文學獎新詩組優選）

困

閉上眼像虔誠的信徒

合攏掌心

奮力搓磨痛苦的痕跡

雜言碎語壓抑著呼吸

輾轉翳入雲霧中

卻引來撒旦

墜落記憶的漩渦

窒息的回憶灌入腦海

眼角的皺紋迸裂

匯流成淚水的溝渠

仰天灑向　　蒼穹

烘乾了痛苦

睜眼望去

散作縷縷白煙

飄落成　幾莖白髮

曾是我嚮往翱翔的羽毛

鐘 擺

感官連線

齒輪怦然轉動

指針化為箭矢

誤　射入心底

蕩漾成鐘擺

思緒糾成死結

為了僅僅一秒

徒勞的相遇

忍受無止盡的擦肩

迴繞一圈又一圈

說不出口的

積累成滿輪的眷念

卻在停擺時　你輕輕

撥動了發條

輪迴　再度開啟

詩文行跡

　　原本只熱衷於愛情小說，直到國中遇到啟蒙我對文學熱情的楊維仁老師。一開始的緣分是因為打籃球，後來也是懵懵懂懂的接觸寫作，但我很固執，只願意創作小說，可能從小愛看愛情小說的緣故，導致寫作題材也有所侷限。最瘋狂的一次讓我也印象深刻，當時恰逢段考，社團的課皆用來自習，有時讀到疲倦了，我就會開始腦袋放空，一下子幻想就佔據了我的腦海，腦補各種故事，靈感總是這麼來的，那時候我就立刻拿起筆，瘋狂的寫了足足有七張紙，一下課就拿去給楊老師看，還被老師訓了一頓，段考不複習，還在寫作！後來才在際遇下寫了新詩，但那時的成品並不算好，也常常否定自己這方面的能力，但是要謝謝楊老師持續的鼓勵和反覆指導。所謂「鍥而不捨，金石可鏤」，終於在高中參加教育部海洋詩創作獎嶄露頭角，漸漸才有現在勉強可觀的作品。

　　在小說方面，有一陣子實在無法產出任何作品，連去想像都無法做到。之後楊老師建議我把痛苦當作題材寫出來，所以現在專注抒寫自己真實的心情。如果有人問我，為什麼喜歡寫小說，我想我會回答：「比起散文帶來的真實性，

我更喜歡內容近似虛幻的小說，因為別人不會相信那故事曾經是真實的。」小說的定義本來就是帶著奇幻不具真實的成分，除非刻意加上「真實事件改編」。

我創作的題材和編造的情節一字一句都是耗盡心力所寫下的，用嘔心瀝血一詞都不為過，真的能說是扒開臟腑、撕裂腦袋，在傷口中找文字拼湊出來的。很喜歡一個已故的作者所說的話：「最當初寫，好像生理需求，因為太痛苦了非發洩不行，餓了吃飯渴了喝水一樣。後來寫成了習慣。」我寫那麼多不是想藉機討拍，而是我覺得一直寫一直寫就能得到抒發，把所有痛苦塑造出一個原型，就像一個患有精神分裂症的作者，分裂出來的人格會成為每一篇小說的主角。

引述荷塔・慕勒所說的：「人們總是以為一個真正的作家，能選擇自己想書寫的主題似的！」我大約從國三後自己的創作內容翻天覆地的改變，創作的理念對我來說就像生命歷程，每一篇的故事都有獨立意識，她們在某一刻都是真實存在的。也或許有一天會在塵埃裡開出一朵花，那一刻我的故事也會明亮起來。但我不會想說什麼感謝的話，感謝痛苦的源頭讓我有靈感來源。還有一句是已故的作者所說的：「文學是最徒勞的，且是滑稽的徒勞。寫這麼多，我不能拯

救任何人，甚至不能拯救自己。這麼多年，我寫這麼多，我還不如拿把刀衝進去殺了他。真的。」有些事真的不會因為時間而被淡忘。那時候會很不好受，負面的情緒會迎面灌入腦中，腦袋感覺要爆掉了，什麼都無法去想，所以我只能一直寫一直寫，才會好些，靈感就是這麼來的，聽起來既荒謬又滑稽，但用小說的角度想，又能適當的合理化了。

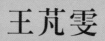

王芃雯

願流年輕緩，
時光毫無波瀾。

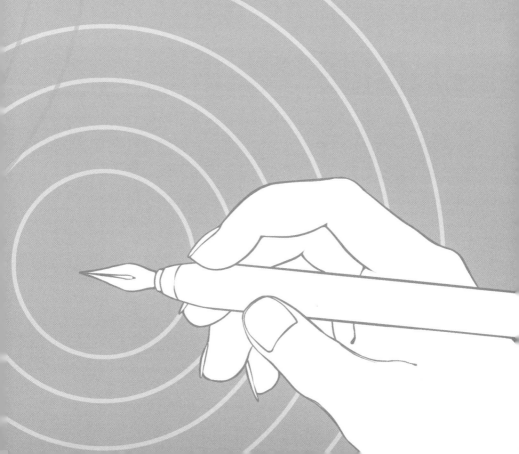

　　王芃雯（2004~），出生於台北市，曾經就讀古亭國中，現在就讀松山高中。憂鬱系水瓶，想逃離卻又想好好愛這個世界。喜歡古風歌和曲藝，也喜歡國樂。平時習慣躲在文字或網路世界，任時間流逝。也喜歡一個人在看得見陽光的地方坐下來發呆，度過一整個下午。

　　曾獲天籟詩獎青年組佳作、陽明山國際文創設計競賽古典詩學生組入圍、臺北市國語文競賽高中南區作文組第四名、教育部第二屆「海洋詩創作獎」徵選高中組佳作、古亭國中「古亭青年文藝獎」散文組佳作、優選、首獎、《北市青年》金筆獎國中新詩組佳作、台北市國民中學「愛的時光隧道」小小說故事創作比賽特優、松山高中「松韻獎」散文組優等，部分作品刊於《邂逅古亭的 56 朵芳菲》及《驚艷古亭的五彩拼圖》。

王苑雯

紙膠帶

五尺蒼茫彩墨綢，纖裁一捲裹圓周。

身微亦有凌雲志，要展鴻圖萬紙遊。

（2021 天籟詩獎青年組佳作）

七星山下夢幻湖道中

鶯鳴燕語聲盈耳，草碧芒緗葉逐風。

回首蒼山騰霧後，粼光驚幻萬叢中。

（2020 陽明山國際文創設計競賽古典詩學生組初賽入圍）

王苪雯

草山遠眺

草山秋眺雨紛紛，城北風華霧裡聞。

不羨燈虹千萬景，獨懷自在向煙雲。

（2020 陽明山國際文創設計競賽古典詩學生組決賽入圍）

桂

寂寂冰魂扶月起，亭亭玉魄倚欄生。

玲瓏羨得紅塵事，巧幻香風訴滿城。

王苾雯

山　行

朝來杏雨點清波，午後晴光映小河。

徒羨巔峰雲闊景，何如帶笑向風歌。

菊島蔚藍的傳說

我已幾番聽聞

那石滬雙心的故事

於是涉向蔚藍更深處

不過是夢的囚籠

那不遠處被禁錮的來來往往

又會是多麼絢麗的斑斕？

我已幾度聽聞

那七美的傳奇

於是沿著蔚藍海濱

望向那一列列矗立

是望夫？抑或貞烈不渝？

但見澎湃的思念

正拍擊著古老的誓言

我已幾次聽聞

那蛟龍的神話

是一片蔚藍

能觸及月的海

亦是能仰望星的洋

七美不過等候

雙心亦不得情衷

可為何獨獨你守護七彩珊瑚？

可能於你而言

這裏的蔚藍

都是那珊瑚熠熠散出

看！就在不遠的海平面

夕照輕浪間浮影

是菊島蔚藍的傳說

（教育部第二屆海洋詩創作徵選高中組佳作）

111

烹　茶

致鬱的秒針把長夜修剪
支離落下的酣夢
都會被朝陽曬成曾經
太陽落下後落單的街
我獨自來回
試圖在荒蕪的如今
採集稀疏的回憶

所有屬於我們的歲月都被攪亂
無數沒備傘的人被推入承載時間的公車
前往一個個未知的雨季
我試圖透過逐漸潮濕的窗
尋覓與那時候一樣完整的你
那段時光在車上靜置後萎凋
卻不慎在潔白的衣角留芳

曾試圖以雨水沖淡
在壺裡翻騰的往昔

每一天的我們都在沸騰
留給自己回味的
只有沉澱的過去
每一段香都由蜷曲的曾經組成
顏色逐漸轉深的
是越泡越濃的苦澀

把整壺最好的我們傾入保溫瓶
車上的我細品
想留住最後的溫度與餘韻回甘
下車的旅人不再回頭
駛入隧道以後的落寞阻隔光線
遮擋所有我尋找你的可能

深夜我坐在車站的排椅
一口飲下冷涼的時光
那些難忘的歲月
全被吞進空洞的身體
卻無法洗去以相思醃製的苦鹹
在記憶最深處翻湧成疾

華　年

（鉛筆）

妳攥緊我

任那一朵

妳身體裡的曼珠沙華　破碎

變質　在我的芯中流淌

成全超時許久的揮灑

若即若離的話語

卻依稀在彼岸駐足

「這是妳嫣然的年華」

（橡皮擦）

妳拾起我

將妳眼眸中

那璀璨的星光　銷鎔

鑄造我潔白的軀體

飾去一切不符標準的答案

支離粉碎的言語
卻依稀在天際紛揚
「這是妳爛漫的年華」

（華年）
我拈起
教科書中的一頁
將記憶內所有的情思喜悲
傾入繁瑣的方程式中
就此葬下
伴隨青春的輓歌

不可輕易更動的真理
在黑暗的吞噬下膨脹
「那未來的序曲
是真正屬於青春的
屬於妳的歌謠」

久　別

你在黃梅的石階上撐傘
獨自立了一季盛夏

你說你忘不了一季細雨
亦不會忘記隙間的旭陽

你在石階上立了無數四季
直到終於低進秋塵裡

在此之前你說
你會於來年的春泥裡開花
以你遺下的傘為信
等落紅
捎來又一季盛夏

於是你立在黃梅的石階上
在無數即將遠行的來客裡顧望

詩文行跡

　　因為有記錄心情的習慣，國中時總喜歡以聯絡本上的札記練習寫作。後來有幸受楊老師指導，使我正式於文學的路上起步，得以藉由投稿精進自己的寫作技巧，甚至獲得評審的肯定。

　　於我而言，文學是表達自我的方式之一。不論是歌頌春花秋月，還是抒發對時事的看法，抑或記錄生活瑣事，皆不出文學的範疇。作者或知性，或感性，或二者兼具，都能夠以文字抒發內心最深層的感觸。哪怕是為了早春的一朵小花，一篇在網路上看到的新聞，甚至是與家人一時興起的簡短對話，都能因作者最真實的情感轉為筆下或螢幕中的文章，成為文學。

　　文學是極為貼近生活的，人人都能書寫，也都可以藉由閱讀他人的作品尋求共鳴。文字有如一座橋樑，將素未謀面的人們聚集在文學的世界。在這個世界裡，人們因喜愛一樣的文學而得到交流的機會，卻又各自保有一席天地，各有獨屬於自己的想象空間。當我為生活中的課業與人際壓力所苦，對部分社會制度感到不公，甚至開始懷疑人生的意義，

文學有如暗巷裡的一盞明燈，給予我安定的力量，指引我前行。記得國中時最喜歡作家朵朵與杏林子，她們溫暖的文字總是能將無措的我從迷失中找回。

決定在文學路上前行以後，我遇到許多困難。先是文章架構零散，再來則是用字不夠精準成熟。因此我非常感謝楊老師引導我如何將零散的文字組成篇章，使用更恰當的字詞以表達內心情感。除此之外，我還因文學遇見許多同樣喜愛寫作的朋友，一起投稿與改稿的過程使我們對彼此更加熟悉。非常感謝文學給予我們相識的緣分，我將珍惜著每一個與這些好友相聚的時光，過去如此，將來亦然。

未來我將繼續在名為文學的田中耕耘，期待能在車水馬龍的時代，因文字而收穫平時所不能見的良辰美景。

高暐媡

每一滴血都在燃燒，
顫抖的細胞會突破皮膚。

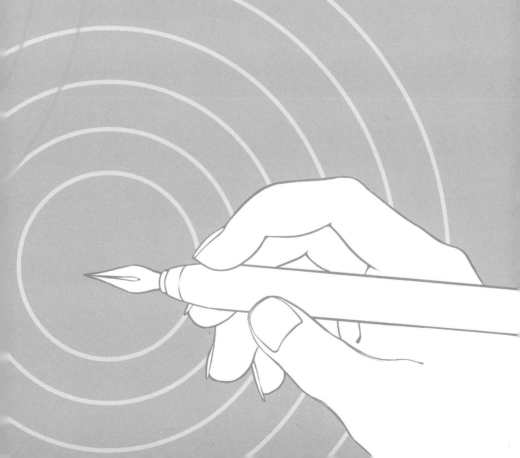

高暐媟（2004~），曾就讀於古亭國中，現就讀於萬芳高中。自幼熱愛舞蹈、美術等小才藝，不過卻無一精通。興趣多樣，除了舞蹈、閱讀與寫作之外，不少都是三分鐘熱度，近來最大的愛好除了看綜藝、追劇就是聽相聲。擁有自己的奇幻小宇宙，性格矛盾衝突，性情不定，行為作風姿意妄為，不擅言詞，也不喜與人交際相處，但十分愛好與閨蜜閒話家常。

有著重度偏食的壞毛病，不僅是食物，連帶興趣亦同如此；從小偏食蔬菜，對於肉類是一概不碰；就如同較偏好古典舞蹈，跳了十二年的芭蕾、民族舞，對於現代較流行的街舞、熱舞等，雖不至於完全無法接受，但確實有會下意識排斥的狀況；升上國中後也開始喜歡閱讀，除了課內的文章閱讀之外，課外書籍非常單一，沉溺於東野圭吾的偵探小說，雖然我的邏輯能力並不是特別好，卻沉迷於小說中的殺人動機以及推兇過程，有空閒時常常一看就是一整天。人生

目前最大的轉捩點是國中就讀美術班，同學們的興趣相仿，也受到班級的藝術氣質和靈魂不小的影響。

　　進入國中之後遇見了維仁老師，在老師的教導與鼓勵下，多次投稿古亭國中「古亭青年文藝獎」，也曾幾次獲得新詩優選與散文佳作，校外投稿曾獲得《北市青年》第二十五屆金筆獎新詩組首獎，詩作收錄於《邂逅古亭的56朵芳菲》。高中時期，參加萬芳高中校內疾病主題徵文比賽獲得優等，詩作收錄於萬芳高中出版之《有病》一書，高二時，在高中班導吳慧貞老師的協助下，印製了山城海詩歌節「春華秋實」比賽之得獎作品《菖蒲未央》小說集，校外投稿則是榮獲110年全國防災日微小說創作比賽高中組第一名。

規　則 (2018)

主詞：

為何我要總要站在前方，

為後頭阻擋風雨？

動詞：

為何主詞總搶我風頭？

明明少我就不成句！

受詞：

為何我得默默承受，

沒有拒絕的權利？

形容詞：

為何我每天當跑腿，

只為形容人或物！

副詞：

為何我只能當副手，

跟隨別人的腳步？

滿腹委屈

只為遵守規則

（《北市青年》第二十五屆金筆獎國中組新詩第一名）

海是最美麗的凶器 (2019)

她有雙清澈碧綠的眼眸

年輕人都為她瘋狂

她有件純白大氣的紗裙

孩子們都迷戀不已

紗裙上的晶瑩亮片

漁人深深著迷

她溫柔的歌聲

更使人們眷戀

但是要小心啊

她陰晴不定的脾氣

在風中揮舞

她白花飛舞的裙擺

與岩岸拉鋸

她無邪的笑容下

隱密黑暗的內心

千萬不要激怒

美麗的凶器

一罩之隔（2020）

我在口罩下冒出新芽

你在世界上種下妖藤

我在口罩下四處悠遊

你在世界上蔓延寄生

我們　在口罩下灑花粉

你們　在世界上斬生機

一聲驚呼

黑豆水、蘆薈凝膠伺候

一聲咳嗽

棉花棒、快篩試片採檢

我們的存在

讓修圖軟體下載大增

你們的存在

讓墓園裡的石碑林立

醫美界早早推出武器抑制我們

醫學界頻頻推出新藥挑戰你們

口罩下的我們

看到抗痘產品戰戰兢兢

世界上的人類

聽到咳嗽發燒驚恐萬分

美容去痘藥品

如砲彈般殲滅我們

新型抗體疫苗

如刀槍般挑釁你們

待這一罩拿下之際

我們都將消失

做　作 (2019)

喜歡妳的做作

在謊言的水果派　加點蜂蜜

又在 虛偽的影子上　撒糖

讓你陽光的笑容

更加甜膩

高曄嫘

最近皮膚差 (2021)

你說　皮秒用秒針打就行了

美白針也不過就是

分針而已

玻尿酸扎的可是時針

至於

頂級臉部療程

建議晚間 8 小時

考生日常 (2021)

迷離的心跳算著分

一分　兩分

秒針轉了一圈打向分針

一分　兩分

刺向 30

鑽入習題　枕頭

12:30　1:30

（一個 60　兩個 60）

伴隨著滴答　扎進

眼角

一分　兩分

醒來吧

鮮紅的淚滴打在分數欄

月光。醉 (2022)

你說李白墜湖

不是酒幹的吧

我在子時寫詩

也不該是咖啡灌的吧

必然是

是月牙斟滿夜色在我的喉頭

生日快樂 (2022)

生日快樂

一歲

抓周嘍！

拿起一枝水彩筆　沾點時間

小小的手呀　在媽媽眼睛下塗呀塗

生日快樂

十歲

去才藝班吧！

提起沉沉的畫袋

緊湊的課程呀　讓媽媽多駝起幾斤的操心

生日快樂

二十歲

走吧！

帶著一枝筆去打天下

遙遠的旅程呀　在媽媽的皮膚描繪紋路

生日快樂

三十歲

工作很不錯！

客戶委託的壁畫未乾

短暫的探視呀　白色顏料沾上媽媽的髮絲

生日不快樂

？歲

突然，

討厭夕陽留下的那一抹橘

詩文行跡

　　記得小時候，並不是一個熱愛閱讀或是寫作的孩子，甚至在國小時期，有一段時間因為成績的關係導致我不太喜歡國文；直到上了國中，我遇到了熱愛文學的維仁老師，在老師的指導與鼓勵下，我開啟了兒時未曾想像過的寫作旅程，我至今還記得國一剛開學的第一份國文作業「紙飛機」，是寫一首關於教師節的新詩。我的「紙飛機」因為「陶冶」這個詞，老師給予我的評價是「這首詩前面很不錯，但是最後一句卻毀了這首詩，變得太直白。」當下的心情其實是有一點開心的，因為老師稱讚了我的部分詩句，也就是從那時，寫作的種子在我心中種下。我幾乎每個學期都會在校內的古亭青年文藝獎投稿，也偶爾會在老師的鼓勵下投稿至校外的文學獎，雖然得獎次數少之又少，但是我依然享受寫作的過程，維仁老師是我的啟蒙老師，若沒有老師的悉心栽培與教導，我或許到現在都還無法體會寫作的樂趣。

　　身為抱樸樓弟子，我也在穿梭於導師辦公室的時候，

間接認識了我同屆不同班的同學們，安妮、芃雯和椿筳都是在維仁老師的學生們中特別突出的同學，安妮是學校裡是有名的小說家，芃雯也時常在文學獎中出現，椿筳則是在各種新詩的領獎台上最常出現的熟面孔，我們也曾一同參加過維仁老師的文學營，雖然我與他們並不相熟，不過我們應該也可以算是一起成長的文學夥伴；而培凱老師則是我的大學長，也曾是我們班的國文課實習老師，至於其他兩位作者也都是我古亭國中的學長，雖然見面次數較少，但是也曾好幾次讀過他們的優秀作品。在文學創作的路上，除了此書的詩友之外，還有在國中時期陪伴我成長的朋友們，我最要好的朋友林莫凡，她有著自己的童話小世界，我和她在一起總有說不完的話，她古靈精怪、活潑可愛的性格，也深深影響了我，在慢慢長大的過程中，也因為有她的陪伴，所以我從未把自己的赤子之心丟失過。

我喜歡在泡澡時思考新詩構想，在壓力大時寫詩；聽說鑽石與它的前身——碳的差別是溫度與壓力，鑽石是碳在高溫高壓下變成的，不過除了高溫和高壓之外，碳在變身成為鑽石前還需要有冷水的冷卻；我認為寫詩、創作也是一樣

的，妥善運用生活中的經驗和心得，用美好的文字詮釋，才不會糟蹋一個好的想法，我喜歡在極度放鬆時思考新詩的主題與內容方向，在面臨各方高壓下寫出作品，我覺得這樣的配合下寫出的詩作與其他創作的質量會較高，之前在校外得獎的新詩〈規則〉和微小說〈防災不是一場戲〉都是在具備這兩者情況下產出的作品；不過這種寫作方式也算是我個人的壞習慣，高壓之下產生的大多是碎碳較多，能寫出較好的作品估計是當時洗澡水放對了溫度，才有幸產出了小碎鑽。

羅椿筳

生活不斷削尖我的靈魂，
讓我能持續創作出更多充滿魔法的故事。

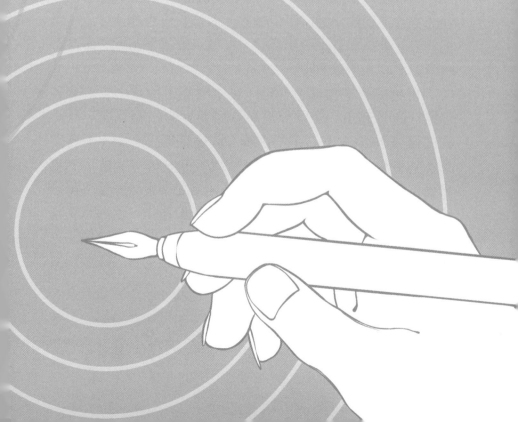

羅椿莛（2004~），在台北生活了快 18 年的小孩，畢業於螢橋國小、古亭國中，現在是成淵高中三年級學生。是一位喜歡搞怪，喜歡笑，喜歡在平凡中找獨特，行為與思想都稍叛逆的奇葩系女子。興趣多樣，例如繪畫、寫新詩、看科幻小說、DIY 事物和看動漫等。

因為從小就經常幫身邊的玩具取名字和賦予故事，久而久之就在腦中累積了不少劇本，而這些也成為了日後創作的材料。未來想嘗試的事有好多好多，希望自己能充滿幹勁的努力，在夢想清單上一一打勾。

曾獲武陵文教基金會第一屆全國高中生文學獎新詩組佳作、教育部第二屆「海洋詩創作獎」高中組特優、新北市工務局 2020 短文徵選特別獎、澎湖縣第二十屆「菊島文學獎」青少年組現代詩首獎、台北市第十一屆及第十二屆青少年學生文學獎國中新詩組優選、《北市青年》金筆獎第二十四屆國中組及第二十八屆高中組新詩佳作、台灣癲癇醫學會人間有情關懷癲癇徵文比賽國中組佳作、古亭國中「古亭青年文藝獎」新詩組第六屆優選及第七屆首獎，部分作品刊載於《邂逅古亭的 56 朵芳菲》、《驚艷古亭的五彩拼圖》及各比賽得獎作品集。

討海人

我不確定，今天是否適合出海

不確定，你的方向

陽光刀鋒切割的海面

卻劃不出你的所在

拋出漁網，想蒐羅每一個你

卻總是使你碎

裂成菱格子狀的畫面　留下

浪潮翻攪的網思

被模糊的我

我不確定，今天是否適合出海

不確定，你的方向

偶爾，在海平線躍起的字句

總盪漾著甲板上漂晃的我

繫上魚餌，誘騙漩渦中的你

緊握細長而堅韌的渴望　甩

鉤著述說故事的嘴

彈出水的，扭動的輪廓

炸開的藍色星火，在尾鰭燃燒

奮力將你摔進空中　摔進我的思想

延燒

（教育部第二屆海洋詩創作獎高中組特優）

福隆舊草嶺自行車隧道

穿梭在紅磚砌成的靜謐裡

我們騎著鐵馬

沿著時光鋪設的軌道

在歷史的動脈中　循著舊憶

緩緩流動

（新北市工務局 2020 短文徵選特別獎）

水族箱

在夢境深處緩緩發亮
一只典雅的魔法盒
劇本的精華　潺潺
舞動的思緒
飾演　魚之化身
柔和的　時間為它們上色

隔著　一堵透明的陌生
我注視著
屬於另一個世界的故事

聽他們講述
角色　繽紛著
模擬海豚的熱情
效仿鯨魚的沉穩
向鯊魚商借而來的霸氣
卻始終尋覓不到

珊瑚礁所蘊載的深情
在缸口的水面上
我划著夢想的獨木舟
小心等待著
深怕驚擾
如幻一般的傳說

一隻隻的青春　悠游
一尾尾的希望　躍起
瞬間的燦爛　稀薄了空氣
你以曼妙身姿
喚醒真理的那一刻　落下
激盪的浪花
會是我夢寐以求的感動？

（修改版，原版獲選台北市第十一屆青少年學生文學獎
國中新詩組優選）

煮　詩

把當令的思緒切絲

心情剝削成塊

搗磨一點點遐思

試圖以完美的比例

加油添醋

倒入 1/2 杯異想天開

一茶匙，投入地

出神

我用小火，煎熬

過，還是煎熬

蒸扎了一壺詞彙

鬱悶出半個世紀的風味

味道的輪廓，模糊的

攪拌逆時鐘的漩渦

味蕾篩濾出每一個字句

一杓餘韻

在舌尖嘗試出畫面的履印

釀了滿甕的故事

最後請讓我，再撒上

些許的星輝

提味

（台北市第十二屆青少年學生文學獎國中新詩組優選）

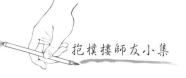

過客・圓切線

恰似一條直線

你匆匆路過

輕輕切過我思維的邊緣

將所有的星辰與浮雲

和無數個囈語　繾綣

際會於一

點

在那荒蕪的記憶裡

永誌的是彼此 90 度的關係

穿透晨曦　劃破夜霧

你的跫音不輟

迴盪在 3.14159 之外……

拼　圖

灑落　月光的碎片

掉入夜晚的窗扉

一塊又一塊

將白晝的思念

拼湊成　綺夢

（修改版，原版獲選《北市青年》第二十八屆金筆獎高
中組新詩佳作）

淚的痕跡——倒影中的柱狀玄武岩

喔，是泰戈爾之思，無邊

銀藍色的海

喔，是辛波絲卡之詩，無際

銀藍色的天

一條線，海平面

好長好長，隔　開

在我腳底下，

是天或是海？

魚群全都飛在天際

我聽到整片地，寧靜

直到，熔岩冷了心

孤獨凝固了寂寞

一行一行，塑成了形

年代流下的詩句

鳥群全都游在海裡

我聽到整片地，氣息

淚水的蹬音

與石痕間　共鳴

一行一行，塑成了形

風化後的詩句

是天或是海？

（澎湖縣第二十屆菊島文學獎青少年組現代詩首獎）

流星雨

燃燒的碎片

一刀一刀

劃開黑夜的臉龐

在詩人心底留疤

52Hz

倘若，我聽見了
遨游在湛藍裡的詠嘆調……

你的歌聲如一絲絲鹹澀的海水
月光漂白了你的音頻
深夜的 52 顆星子一顆顆墜入海裡　咚　咚
咚咚　像是要補足你佚失的絕對音感
但你拍打尾鰭　飛濺而出的銀白色流星
又回到了天際

我知道，當海水龜裂成塊　你就在縫隙中生存
游走在飽和與飽和的水域之間　徜徉
但偶爾你也會將自己沉潛在水底

各種漂浮的臆想積捲成一幢幢高大的浪
往海裡重重地跌入　若是
被浮藻壓得喘不過氣
那就撞碎海面　浮出來吧
用力將肺臟裡不屬於你的孤獨噴出
濺灑整片碧藍的幻想
長嘯一聲後，
再次泅泳在靜謐裡

頭顱淋上顛擺的波紋
你繼續輕吟著，
漸漸消失在海的邊陲
白浪捲走一小節旋律
沖刷音符上岸　破碎的
而我會在那沙灣
——撿起……

註：有一條出沒在太平洋發出不尋常的 52 赫茲的鯨魚，由
　　於叫聲的頻率比任何已知的鯨魚都高很多，科學家認為
　　沒有鯨魚能聽得到牠的叫聲，因此被稱為「世界上最孤
　　獨的鯨魚」。

（武陵文教基金會第一屆全國高中生文學獎新詩組佳作）

詩文行跡

「當我遇上新詩，」

　　曾經我因為自己的文章寫得很差而感到苦惱，差點討厭文學，直到升上國中後，國中班導兼國文老師——楊維仁老師引領我走向寫詩之路，當我開始接觸寫新詩，彷彿真正找到了一個，能在國文這一領域上恣意馳騁想像的地方，我很喜歡讓腦中的思緒互相碰撞，互相激盪的感覺，也很享受用文字來編織新詩的過程，因為同時也逐步編織成了最真實的自我，不會感到彆扭也不會抗拒，這是除了繪畫之外，我的另一療癒心靈之處。

　　老師常引用法國詩人保羅・梵樂希的名言：「詩是跳舞，散文是走路」來告訴我們新詩與散文不同的地方，寫新詩的思維是跳躍且不受拘束的，不必侷限於任何形式，也無須被華麗的詞藻束縛，非常自由，這點和我的個性十分契合，我想這就是為什麼比起寫文章，我更著迷於寫詩的魅力吧！

　　如果說寫詩，是一件「以最少創造最多」的事，既矛

盾又充滿樂趣，我舉雙手贊成，對於如何以最簡短的語言傳遞出整個世界觀讓我感到興奮，創作，總是在腦海打撈起的大量點子中做取捨，很多時候都是經過一番掙扎才將某部分捨棄，再新創造某部分，因此動漫《進擊的巨人》裡那句經典名言：「什麼都無法捨棄的人，什麼都改變不了。」在我寫詩時，非常能感同身受。

　　回憶起自國中開啟寫詩技能後所發生的種種，才發現自己一路上收穫了許多，為了尋找創作靈感，我懂得更用心的感受生活，更細心觀察周遭的大小事，為此發掘不少有趣之事，在查詢資料時，我也順便學到各種新詞彙與新知識，因為老師辦的寒、暑假寫作營我體會到許多寫作經驗，像是想法卡關時的煎熬、靈感湧出時的順暢等，這些年我還擁有不少寫作夥伴，例如陪伴我國中三年的全體 1 班同學，大家在楊維仁老師三年的教導下得到了很多課本內容以外的寫作知識和體驗，除此之外也有別班的寫作好友，一想到那些在比賽截稿前一起趕稿、一起互相打氣的時光，就覺得這也是寫作熱血的部分呢´‿‵

鄭安妮

楊維仁

王芃雯

余志洋

王俊元

高暐婞

詹培凱

羅椿筳

文化生活叢書·詩文叢集 1301068

抱樸樓師友小集

作　　者	楊維仁　詹培凱　余志洋
	王俊元　鄭安妮　王芃雯
	高暐婹　羅椿筵
責任編輯	楊維仁
編　　輯	余志洋　王芃雯　高暐婹
封面設計	林師卿
封面題字	劉坤治

發 行 人	林慶彰
總 經 理	梁錦興
總 編 輯	張晏瑞
編 輯 所	萬卷樓圖書(股)公司

發　　行　萬卷樓圖書(股)公司
臺北市羅斯福路二段 41 號 6 樓之 3
電話　(02)23216565
傳真　(02)23218698
電郵　SERVICE@WANJUAN.COM.TW
香港經銷
香港聯合書刊物流有限公司
電話　(852)21502100
傳真　(852)23560735

ISBN 978-986-478-619-0
2022 年 3 月初版一刷
定價：新台幣 320 元

如何購買本書：
1. 劃撥購書，請透過以下帳號
　帳號：15624015
　戶名：萬卷樓圖書股份有限公司
2. 轉帳購書，請透過以下帳戶
　合作金庫銀行　古亭分行
　戶名：萬卷樓圖書股份有限公司
　帳號：0877717092596
3. 網路購書，請透過萬卷樓網站
　網址　WWW.WANJUAN.COM.TW
大量購書，請直接聯繫，將有專人
為您服務。(02)23216565　分機 610

如有缺頁、破損或裝訂錯誤，請寄
回更換

國家圖書館出版品預行編目資料

抱樸樓師友小集/楊維仁, 詹培凱, 余
志洋, 王俊元, 鄭安妮, 王芃雯, 高暐
婹, 羅椿筵合著. -- 初版. -- 臺北市 :
萬卷樓圖書股份有限公司, 2022.03
　面 ；　公分. -- (文化生活叢書. 詩
文叢集 ; 1301068)

ISBN 978-986-478-619-0(平裝)

863.51　　　　　　　111003076